LES AMANS

PAR PROCURATION,

COMÉDIE

EN UN ACTE, EN VERS LIBRES.

LES AMANS

PAR PROCURATION,

COMÉDIE

EN UN ACTE, EN VERS LIBRES,

PAR M. DALBAN.

REPRÉSENTÉE SUR LE THÉATRE DE GRENOBLE

LE 5 MARS 1818.

A GRENOBLE,

De l'Imprimerie de DAVID, place Neuve.

Se trouve chez { FALCON, Libraire, rue Pérollerie,
DURAND, place Saint-André.

1818.

PERSONNAGES.	ACTEURS.
DUVAL.	M. PHILIS.
Mme FONROSE.	Mme PHILIS.
EMMA , suivante de Mme Fonrose, passant pour sa maîtresse.	Mlle MERCIER.
JAME, domestique de Duval, passant pour son maître.	M. DUPUIS.

La Scène est à Passy.

LES AMANS
PAR PROCURATION.

SCÈNE PREMIÈRE.

JAME, *riant.*

Ah ! ah ! ah ! ah ! ah ! ah ! On me fait la conduite ;
Quatre ou cinq grands valets étaient à ma poursuite ,
Et je n'ai pu passer avec mon air hautain ,
Sans les voir de respect me barrer le chemin.
Heureusement j'ai pris dans la chambre prochaine ,
Evitant des saluts la bordée inhumaine,
Et j'ai couvert du moins par le bruit de mes pas
Mes ris mal étouffés qui sortaient par éclats.
Ah ! ah ! ah ! ah ! rions maintenant sans contrainte ,
Et félicitons-nous du succès de ma feinte.
Valet fourbe et rusé d'un maître grand seigneur ,
Qui pourtant dans l'intrigue est mon inférieur ,
  Il faut que je guide son ame ,
  Dans le choix qu'il fait d'une femme.
  Pour cela j'endosse son nom ,
Ses titres , ses habits , l'éclat de ses richesses ,
Et je deviens amant par procuration.
  Dispensateur de ses tendresses ,
  J'arrive dans cette maison ;

La maîtresse m'accueille avec distinction ;
Je la trouve jolie, aimable, point coquette,
     Et je crois même sans danger,
À mon maître pouvoir aussi-tôt l'engager.
Je lui parle d'amour et lui conte fleurette ;
Une femme à ce jeu laisse toujours son cœur ;
     Coup sur coup guerrier et vainqueur
     En huit jours je fais sa conquête,
Et Jame parvenu comme font bien des gens,
A des habits d'emprunts doit ses progrès brillans.

Oui, mais enfin que sert cette métamorphose ?
Il m'en faudra bientôt rendre les intérêts.
Quand je me constitue en d'inutiles frais,
Mon maître peut venir, entre nous c'est la clause,
     Réclamer madame Fonrose.
Eh bien ! laissons le temps amener dans son cours
Le terme inopiné fixé pour nos amours :
     On estime la jouissance
Bien moins par sa longueur que par sa violence.
Mais on vient... Ah c'est-elle ! Affectons l'air altier.
Du front ! c'est le sauveur des gens de mon métier.

SCÈNE II.

EMMA, JAME.

JAME.

Madame, eh quoi ! déjà levée ?
De bonne heure aujourd'hui vous ouvrez la journée.

Aux portes de Paris qu'il est charmant de voir,
    Dans un agréable manoir,
Que la nature encore a des lois qu'on observe.
Il est donc un refuge où le goût se conserve !
    Je vous en fait mon compliment,
Puisque chez vous, madame, il s'est mis en réserve.

EMMA.

    Mettez-y moins d'empressement.
Nous avons à fournir une carrière immense ;
    Redoutons avant d'être époux
    D'en épuiser la complaisance.

JAME.

    Ah ! sans doute cette circonstance
    N'est pas à redouter pour nous.

EMMA.

Non, de fidélité vous seriez plus jaloux.
Mais la réflexion me rend ici distraite ;
Je venais cher Duval pour vous donner avis
Qu'une amie aujourd'hui m'arrive de Paris,
    Et qu'à la revoir je m'apprête.

JAME.

L'importune ! il faudra ne pas la recevoir.
On ne nous laisse pas le moment de nous voir.

EMMA.

Non, je refuse à faire un affront à ma porte,
Et je ne traite ici personne de la sorte.

L'indifférence autant que la civilité ;
Fait incliner mon goût vers le meilleur côté :
Refuser un ami qui s'offre en ma présence,
    C'est y mettre trop d'importance.
Je reçois sans paraître, et chez moi, sans façon,
On se fait les honneurs de ma propre maison.

JAME.

Je m'en doutais ; nos goûts en tout point sont de même;
J'ai sur les importuns un semblable système.
Dans le plus grand hôtel du marais, mon quartier,
Je reçois sur ce ton. (*à part*) Oui quand je suis portier.
    (*Sortant comme d'une distraction.*)
Hem ! Ne frappe-t-on pas ?

EMMA.
        Non.

JAME.
            C'est donc un vertige.

EMMA, *riant.*
    Ah ! Ah !

JAME.
            J'y suis sujet, d'honneur ;
Cette incommodité souvent me désoblige.

EMMA, *riant.*
    Qui peut causer cette vapeur ?

JAME, *à part.*
    Songeons à réparer l'erreur....

(*Haut.*)

Un rien. Je rougis de le dire;
Mais ce pénible aveu peut du moins vous instruire,
Que tout homme de qualité
Paye aussi les tributs dus à l'humanité.
Voici comment : fidèle au soin de ma toilette,
Chez moi tous les matins un valet vient passer.
D'abord à ma porte il s'arrête,
Et par trois petits coups a soin de s'annoncer.
Voyez sur notre esprit ce que peut la coutume !
Au moment du signal fussé-je même absent,
J'entends comme sur une enclume,
Trois grands coups de marteau me frapper le tympan.
Ce bruit, au lieu de faire évanouir mon songe,
Par un contraire effet plus avant m'y replonge.
Je crois qu'on me ravit cet habit négligé ;
Il me semble même l'entendre,
Par son poids entraîné jusqu'à mes pieds descendre.
D'un frais intermittent mon corps est soulagé.
Un doux vent imprégné de l'essence de l'ambre
Traverse en tourbillon l'espace de ma chambre,
Et je crois sentir mes cheveux
S'imbiber à longs traits de parfums précieux.
Ici je me réveille ; et rempli de surprise,
Profitant de l'avis que ce rêve déguise,
Aux regards des témoins je m'éclipse un moment,
Pour m'y représenter un peu plus décemment.

(*Il sort.*)

SCÈNE III.

EMMA, *seule.*

Quel heureux tour d'esprit brille dans ses manières !
Qu'il est aimable et séduisant !
Jusqu'aux récits qu'il fait des choses ordinaires,
Il sait tout embellir d'un vernis amusant.
Il est certaines gens dont le sort intéresse,
Qu'on voudrait épargner même alors qu'on les blesse.
Ce bon Monsieur Duval leur est fort ressemblant,
Et je le fais ma dupe à mon corps défendant.
Il ne se doute pas que le nom de Fonrose
N'est qu'un masque emprunté qui me métamorphose.
Mon amour, un vain jeu duquel je me défends ;
Et mes tendres discours autant de faux sermens
Dont je lui fais l'avance au nom d'une maîtresse,
A qui je dois tantôt l'unir par mon adresse.
Sécurité parfaite accrois sa douce erreur !
Abuse autant ses yeux que j'abusai son cœur !
Aujourd'hui ma maîtresse arrive ;
Elle vient épouser l'amant que je captive ;
Fais, ainsi que ma bouche a su l'en prévenir,
Qu'il croye en la voyant ne voir que mon amie !
Et s'il devait se repentir,
Qu'il connaisse trop tard à qui je le marie,
Pour détourner l'effet de ma supercherie !

SCÈNE IV.

EMMA, JAME, *rentrant sous un nouveau costume.*

JAME.

Hem ! Madame, avouez que je ne suis pas long
 A vêtir des pieds à la tête ,
 Et que du moins pour la toilette
 J'ai le coup de main assez prompt.

EMMA.

Il faut rendre justice à votre diligence.

JAME.

Dites plutôt, Madame, à mon impatience
De vous revoir, ailleurs me vois-je retenu.
Mais , enfin , me voilà près de vous revenu.
 (*Il présente son mouchoir à Emma.*)
Prenez donc in fumet de ma meilleure essence ;
On croit en la flairant pâmer de jouissance.
 Je suis vraiment fou des odeurs.
Moi seul je pensionne au moins dix parfumeurs.

EMMA.

Il vous on bien chargé d'une essence complette
 Propre à me rendre mes vapeurs.

JAME.

 Ah ! c'est ainsi qu'elle est parfaite.
 Il faut qu'elle donne au cerveau ;

Qu'elle y porte un délire, un trouble tout nouveau ;
Alors l'amant saisi d'une pointe d'ivresse,
Devient plus exigeant auprès de sa maîtresse ;
Par un philtre si doux, son désir excité
Ose atteindre et chercher l'aimable volupté.
S'il est hardi, fougueux, plein de prérogatives,
Il se fait distinguer par des attaques vives.
S'il est jeune, timide et tout récent encor,
Il fait à son amante un suppliant effort,
L'enlace de ses bras, s'approche de sa bouche,
Et sa lèvre indécise, au moment qu'elle y touche,
Frémissant de ravir un scrupuleux baiser,
Semble encor demander le droit de s'y poser.
Je suis l'amant et vous l'amante que l'on prie.

E M M A.

Ah ! qui pourrait vous refuser.

J A M E, *à part, après avoir embrasé Emma.*

Ainsi mon maître aura la rose épanouie,
Car je fais mon devoir de la souffler souvent.

E M M A, *à part.*

Ma maîtresse ne peut blâmer ma tricherie,
De la commission c'est le droit seulement.

J A M E.

Ah, Madame ! avant tout, j'oubliais de vous dire..,
Voyez comme le cœur nous égare aisément,

Et que la flamme qu'il fait luire
Obscurcit la mémoire et le raisonnement.
En jettant tout-à-l'heure un regard dans la rue ,
J'ai découvert dans l'avenue ,
Un carrosse ; il allait à tout rompre ; et le vent
N'aurait pas eu d'haleine à lui passer devant.
Si c'était l'importune amie
Qui vient de nos penchans troubler la sympathie.

EMMA, *à part.*

C'est ma maîtresse ; allons , essayons de sortir.

JAME.

J'enrage.

EMMA.

Et pourquoi donc ?

JAME.

Les gens de compagnie
Sont des trouble-maisons qu'il faut anéantir.
Ils mangent par lambeaux l'espace de la vie ,
Et ne vous laissent pas le moment de jouir.

EMMA.

Je pense comme vous sans que j'en fasse montre.
Et tout en m'en plaignant je vole à leur rencontre.

(*Elle sort.*)

SCÈNE V.

JAME, seul.

Ouf ! ouf ! je crève de dépit.
Dans tous ses intérêts elle me contredit.
Eh bien ! va , va friponne où la rage t'emporte ;
A tous les désœuvrés offre accès à ta porte ;
Dissipe en vains propos un temps cher à tous deux ;
Perds en frivolités le moment d'être heureux.
Je t'ouvrais à l'hymen une route fleurie ;
Je voulais , puisqu'enfin la fortune ennemie
Te destine à ramper sous les lois d'un époux ,
Te faire au moins sentir l'amour : car entre nous
Rarement dans l'hymen on en conçoit l'idée ,
Si quelque temps d'avance on ne l'a possédée ;
Mais non , va , va , fuis-moi. Tous les momens perdus,
En pleurs , en repentir me seront bien rendus.
Je t'allie à quelqu'un de ces maris fantasques ,
Qui vengent les amans rien que par leurs bourasques ,
Qui, par leurs duretés et souvent par leurs coups ,
Refoulent nos regrets vers des êtres plus doux.
Il vient incessamment.... Hélas ! trop tôt peut-être ;
Je me suis bien pressé d'en écrire à mon maître.

(*En se promenant sur la scène , il regarde par
la fenêtre.*)

Ah ! le carrosse est dans la cour.
Une femme en descend.... Elle est bien de tournure !

Un homme veut la suivre.... Il a l'air gauche et lourd,
    Et retombe dans la voiture.
Il se ravise.... Il sort.... Dieux ! c'est Monsieur Duval.
O funeste arrivée ! O contre-temps fatal !
    Autour de moi tout se dérange ;
Je reprends la livrée et rentre dans la fange.
Adieu, belle Fonrose ! attraits, charmes, appas,
Baisers, tributs d'amour, et sur-tout bons repas....
Je vous perds. Cependant foi de valet sincère,
    Il valait mieux en pareil cas,
Être l'usufruitier que le propriétaire.

*(Il sort d'un côté ; Madame Fonrose et Emma
  entrent de l'autre.)*

SCÈNE VI.

Mme FONROSE, EMMA.

Mme FONROSE.

Oui, la folie est grande.... On en pourra gloser.
    Quitter Paris pour épouser !
On va s'imaginer que je fuis la cohue,
Le monde, le fracas, afin d'être moins vue.
C'est-là ma crainte Emma.

EMMA.

    Quelle appréhension !
On épouse où l'on veut suivant l'occasion ;
    Et le pays où l'on contracte
N'ajoute pas je crois plus de valeur à l'acte.

Mme FONROSE.

Que dira-t-on encore de l'étrange façon
D'enchaîner un mari par procuration ?
Sans l'avoir jamais vu , sans non plus le connaître ,
M'en reposant sur toi des soins de l'union ;
     Devant lui ne voulant paraître
Qu'au moment de donner ma promesse et mon nom.

EMMA.

On dira, je le crois , qu'elle est neuve et commode.
Mais elle n'aura pas les honneurs de la mode.
Vous aurez contre vous la voix des jeunes cœurs :
En matière d'amour , on aime les longueurs ;
Et l'on regardera comme une duperie
L'art de se marier par cette brusquerie.

Mme FONROSE.

Oui, dans cet âge heureux, fait pour l'enchantement,
Où l'on suit par instinct les lois du sentiment,
Où sous les vagues noms d'intérêt, de tendresse ,
On déguise à soi-même un moment de faiblesse ,
Choisissant dans un sexe accablé de rebuts ,
Un objet préféré que l'on aime un peu plus.
     Mais si je perds la confiance
     De la sensible adolescence ,
Des gens d'un âge mûr j'aurai l'assentiment ;
Mon système auprès d'eux gagnera surement.
Là , maints amis de l'aise et de l'indifférence ,

Prêcheront par l'exemple.... Oui bientôt je le pense,
On cessera de voir, en une longue cour,
Des amans surannés filer le doux amour :
L'hymen ne sera plus qu'un traité nécessaire,
Ouvert par deux agens, fini par un notaire.
Mais pour en revenir à mon particulier,
Que fait notre futur en ce cas singulier ?

EMMA.

D'espérance il nourrit sa flamme,
Et croit qu'au premier jour je deviendrai sa femme.

Mme FONROSE, *regardant attentivement Emma.*

Et tu n'es pas fâchée, Emma, de son erreur ?
Pour toi sa passion, la transforme en douceur.
Il t'en revient un tendre hommage,
Qui ne déplaît jamais aux filles de ton âge.

EMMA, *embarrassée.*

Ah ! Madame....

Mme FONROSE.

Non, non, Emma, ne prends pas soin
De cacher ta rougeur ; il n'en est pas besoin.
Je n'aurai pas de jalousie ;
Et même s'il se fait que d'erreur revenu
Mon époux dans tes fers reste encor retenu,
Je l'encouragerai, suivant sa fantaisie,
A te payer des soins par qui tu m'as servie.
Et quelle est sa tournure ! .... A-t-il l'air bien ou mal ?

EMMA.

Chacun, suivant son goût. Au mien, Monsieur Duval
     Réunit beaucoup d'avantages.
Il est aimable, gai, bienfait, entre deux âges.
     Cependant malgré ce qu'il vaut,
Sur mille qualités je lui trouve un défaut.
Il a la ridicule et l'étrange manie,
D'outrer la politesse et la cérémonie.
S'il fait un compliment l'emphase le remplit,
Et c'est un long discours dont le flux étourdit ;
S'il salue, humblement en terre il s'humilie
Et par vingt soubresauts son dos s'élève et plie,
Jusqu'à ce qu'il vous ait, d'un coup précipité,
Enfoncé l'estomac ou jeté de côté.

Mme FONROSE.

A ce trait j'imagine un rustre sans manière,
Qui supplée au bon ton d'une façon grossière ;
Qui, dépourvu de monde et d'éducation,
Recourt pour s'étoffer à son invention.
Cependant, au tableau que tu viens de me faire,
Je ne reconnais point Monsieur Duval ; naguère
     J'en ouis parler à Paris,
Où l'on me le peignait d'un autre coloris.
On couvrait de brocards sa physionomie ;
On criblait son esprit de gros grains de folie,
Le taxant d'insensé, de vieux original,
Qui même avait le tort d'être peu social.

Mais on vantait fort sa naissance ,
Ses grands biens et son opulence.
Méprisant l'intrinsèque on lui laissait le sort
De ces mauvais tableaux riches par la dorure ,
Qui sont à rechercher pour la seule bordure.
Ce Duval et le tien ont très-peu de rapport ,
Mais l'un vaut l'autre au fond, je ne perds rien au change.
　　　Du premier venu je m'arrange.
Trop heureuse d'avoir un mari sot et fat :
Il ne faut pas qu'on soit plus haut que son état.
Je le mettrai chez nous au timon des affaires ;
Sa lourdeur saisira ces épaisses matières ;
Et si la pesanteur de son gros jugement
Menaçait d'entraîner le massif élément ,
Je mets pour contre-poids mes châteaux et mes terres;
Il les fera valoir…. Je voudrais seulement
　　　Que par un effort d'aptitude ,
Tu brusquasses l'hymen. J'aime la promptitude ;
Demain je brûlerai de rentrer à Paris.

　　　　　EMMA.
Vos vœux pourront être accomplis.
Ce Monsieur avec vous venu dans la voiture ,
Est—ce un notaire ?

　　　　M.me FONROSE.
　　　Non ; ou pour être plus sûre
Je réponds si tu veux que cela se peut bien.
　　Sur son compte je ne sais rien ;

Si non que , par un prompt caprice ,
Le voyant fournir seul la route de Passy ,
J'ai pour lui d'une place aussitôt fait l'office.
J'ai même le projet de l'arrêter ici
Tout le reste du jour. Mais déjà le voici.
Pour me laisser plus libre à le capter d'adresse ,
Feignons de ce logis que tu sois la maîtresse ;
Deux étrangers toujours sont prompts à se lier.

SCÈNE VII.

EMMA, Mme FONROSE , DUVAL.

DUVAL.

Madame , je venais pour vous remercier ,
Prendre congé de vous.

Mme FONROSE.

Comment de si bonne heure
Vous quitteriez cette demeure ?
Monsieur , je ne suis pas chez moi ,
Mais mon intimité me donne ici le droit
De vous y présenter asile.

EMMA , *avec affectation.*

Monsieur , dans ma retraite isolée et tranquille
Un hôte comme vous , s'offre assez rarement ;
Acceptez sans façon.

DUVAL.

Vous me voyez confondre.
En usant de vos soins je voudrais y répondre ;

Mais j'ai pris pour ailleurs un autre engagement.
Je me retire.

Mme FONROSE.

Allons un fauteuil ; monsieur reste.

DUVAL, *voulant empêcher Emma d'approcher un siége.*

Non, non.

Mme FONROSE, *insistant avec hauteur.*

Asseyez-vous.

DUVAL, *à part.*

Elle a le ton fort leste.

Mme FONROSE, *à Emma.*

Il se débat en vain.

DUVAL, *à part.*

Je vais me retarder.
N'importe, honnêtement, enfin il faut céder.
(*Il s'assied, Emma sort.*)

SCÈNE VIII.

Mme FONROSE, DUVAL.

(*Tous deux assis.*)

Mme FONROSE.

Si je ne suis point indiscrète,
A Passy quelle affaire aujourd'hui vous arrête ?
Les curieux en foule y viennent voir les eaux,
Dont la salubrité calme et tarit les maux.

2

Par fois l'homme de compagnie ,
D'une société choisie ,
Vient partager les jeux , la gaîté , le repos.

DUVAL.

Je pourrais éluder , madame , ces propos ;
Mais mon cœur franc, ouvert, qui jamais ne déguise ,
Va vous répondre avec franchise.
Je m'y marie.

M.me FONROSE.

Encor cette autre question :
De votre épouse ici quel est au moins le nom !

DUVAL.

Il ne m'est pas connu , non plus que sa personne.

M.me FONROSE.

Épouser sans connaître ! Ah , Ah , cela m'étonne !

DUVAL.

C'est cependant ainsi qu'on fait journellement ,
Sans en être surpris.

M.me FONROSE.

Comment ?

DUVAL.

Eh ! le moment d'épreuve est assez d'ordinaire ,
Pour deux êtres nouveaux , trop court, trop éphémère;
Ils n'ont jamais le temps de bien s'approfondir

E

Et concourent, l'un l'autre , à qui mieux s'étourdir.
Pendant cet examen , imparfait et rapide ,
  La femme , être adroit et perfide ,
De ruse , de finesse , inexplicable nœud ,
Cache subtilement le faible de son jeu ;
Déguise ses défauts .... se revêt d'une écorce ....
L'homme se laisse prendre à sa trompeuse amorce ;
Soupire , tend les bras .... parle à genoux d'hymen.
La loi met dans la sienne une éternelle main....
Alors on reconnaît qu'on a joint les contraires ;
 ue les nœuds assortis sont au rang des chimères ;
 t que sans se connaître on peut se marier.

   Mme FONROSE , *ironiquement.*

e n'entreprendrai pas de vous contrarier ,
t même j'avoûrai qu'après ce persiflage ,
ù vous peignez mon sexe avec tant d'avantage ,
  Je commence à mieux concevoir
u'il est expédient d'épouser sans se voir.
u moins ce stratagême à deux amans propice ,
our quelque temps, de l'un , cache à l'autre le vice.
ais vous marier ! vous ! qui connaissez si bien
u'on ne peut espérer de faire un bon lien.

    DUVAL.

out m'en fait un devoir , la nature , mon âge ,
 la société qui veut ce dernier gage
  Du dévoûment des citoyens.
'ailleurs l'homme atteignant aux bornes de la vie ,

S'il survécut à tous les siens,
Pour lui fermer les yeux a besoin d'une amie.
Cependant convaincu qu'une telle union
Doit se trouver bien loin de la perfection,
Je n'y mets que peu d'importance ;
Un homme en qui j'ai confiance,
A mes risques et frais court les hasards du choix ;
M'engage une compagne, et moi je la reçois ;
Trop heureux de trouver en pareille alliance
Quelques rapports de biens et sur-tout de naissance.

M.me FONROSE, *riant aux éclats.*

Ah ! ah ! ah ! ah ! Pardon, je ris de vos rapports.
Avec une personne, exempte au moins de blâme ;
Elle cherche un mari comme vous cherchez femme,
Et tous deux vous mettez en jeu mêmes ressorts.

(*Riant.*)

Ah ! Ah ! c'est vraiment bien dommage
Que l'homme en qui vous avez foi
N'ait pas trouvé dans son message
L'entremetteur qu'elle a chargé du même emploi ;
Comme vous vous trouvez avec elle .... avec moi,
Veux-je dire ! Eh bien donc ! Ce sexe que nul autre
N'égale en perfidie, en malice, en noirceur,
Il n'a pas même l'art de deviner le vôtre !
Vous le voyez, monsieur, soit dégoût, soit humeur,
Il s'en remet au sort sur le choix qu'il faut faire,
Craignant ne pas trouver un homme fait pour plaire.
De la même monnoie ainsi nous nous payons.

DUVAL.

Souvent on se ruine à payer sans raisons.
Des femmes, il est vrai, dans la même balance,
On peut peser les dons, sans nulle différence :
Leur éducation uniforme en tout point,
N'en fait que des hochets marqués au même coin.
Prendre l'une ou bien l'autre est une chose égale :
Pour résultat on a toujours somme totale ;
Un démon dont le but est de vous tromper bien,
Dont le manége adroit est l'unique moyen,
Et qui vous laisse enfin, pour faveur opportune,
La ressource assez rare en toute autre infortune,
De s'écrier, hélas ! dans ce commun effroi,
Mes voisins ne sont pas moins malheureux que moi !
Mais qui connaît bien l'homme et sa noble nature,
Ne lui peut de la femme appliquer la mesure.
Autant l'une en ses traits a d'uniformité,
Autant l'autre est piquant par sa variété.
Des préjugés d'usage affranchi dès l'enfance,
Il suit de ses penchans la libre indépendance,
Et jeté par essor loin des chemins battus,
Se crée un nouveau rang, de nouvelles vertus.
La dame en question n'est donc pas fort prudente
De s'en fier au sort dans le choix qu'elle tente ;
Car si l'homme inégal a tant de traits divers,
Elle peut au début attraper ses travers.
L'essai n'est pas flatteur.

Mme FONROSE, à part.

Cet homme me démonte !

DUVAL.

Mais un premier dégoût aisément se surmonte.

Mme FONROSE, *se levant avec impatience.*

Eh bien ! monsieur, d'accord ; oui l'homme a des vertus ;
Mais avouez encor que la femme en a plus.

DUVAL.

Non. Mais que d'art chez elle en déguise la grace !
Que de mensonge est à leur place !

Mme FONROSE.

Quoi ! jamais votre œil humecté
N'honora, par des pleurs, sa sensibilité ?

DUVAL.

Moi, je ne pleure pas, voyant la comédie !
Cet art de s'affecter n'est que minauderie,
Un mécanique jeu puisé dans les romans,
Où gît plus d'appareil que de vrais sentimens.
Telle pleure un carlin, soustrait à son caprice,
Qui mit hier de sang-froid son enfant en nourrice !

Mme FONROSE.

Au moins rendez hommage à la tendre pudeur,
Cet apanage de la femme,
Qu'il n'est pas de moment que son front ne proclame.

DUVAL.

Trop de fard s'interpose entre nous et son cœur !
Tout ce que je puis dire en respectant l'honneur,

Comme aussi sans blesser la femme ,
C'est que j'admire la pudeur.

Mme FONROSE.

Que direz-vous encor de cette force d'âme ,
Qui la rend sourde aux passions ?
Qui ravissant un sexe à leurs séductions ,
Aux maximes d'honneur , l'enchaînant avec gloire ,
Honore également sa chûte et sa victoire.

DUVAL,

Vous-même , dites-moi, voyant ses actions ,
S'il sait , madame , aussi vaincre ses passions ?

Mme FONROSE.

Quand je vous le dirais, vous niriez l'évidence.
Je vois que votre entêtement
Est moins conviction que pur ressentiment ,
Qui vous porte à blâmer , par jalouse vengeance ,
Un sexe dont les dons passent votre puissance.
Mais de force ou de gré j'aurai l'assentiment
Que vous me refusez.

DUVAL.

Voyons donc.

Mme FONROSE.

Un moment !
Vous n'êtes pas encore assez bien en défense.
Soyez sur le qui-vive ? armez-vous fortement

Pour repousser l'attaque ? .... et vigoureusement ,
De crainte que par quelque ruse
Je n'obtienne subtilement
Le suffrage enchanteur que votre esprit refuse.
Tenez-vous bien ?

DUVAL.

Oh , bien ! Voyons donc votre ruse ?

Mme FONROSE.

Vous n'appréhendez nullement
Qu'on vous ravisse au sexe un applaudissement ?
L'intention suffit , je pense.
Moi , je cède , et vous prouve irrésistiblement
Qu'une femme du moins a de la complaisance.

(*Elle sort.*)

DUVAL.

Oui , quand de se défendre elle sent l'impuissance.

SCÈNE IX.

DUVAL, *seul , qui ne s'est d'abord pas aperçu du*
départ de Mme Fonrose.

Mais que vois-je ? .... Madame.... Holà !
Je ne m'attendais pas à cet argument-là.
Une femme abandonner prise !
Et de son dernier mot vous céder l'entremise !
Allons , rien qu'en faveur de la péroraison ,
A tout prendre , elle aurait gain de cause et raison.

Mais, moi, que fais-je ici ? Le censeur frénétique,
Qui, sans ménagement, sans pudeur, sans égard,
De la civilité rompt le sacré rempart,
Jetant au nez des gens mon fiel âpre et caustique ;
Tandis que Jame outré, surpris de mon retard,
Aux mains des étrangers enrage quelque part.

SCÈNE X.

DUVAL, JAME.

JAME, *qui a entendu le dernier vers.*

Eh ! non, non, je n'ai pas la rage,
Je puis bien me passer, monsieur, d'un tel partage.

DUVAL.

Jame en ces lieux ? Comment !
Qui peut t'avoir appris mon nouveau logement ?

JAME.

Qui parbleu que moi-même ! est-ce étonnante chose,
Que je vous trouve aux lieux où je vous fais venir,
Enfin chez madame Fonrose ?

DUVAL.

Quoi ! le hasard ici pourrait nous réunir ?
Et du premier abord, sans en savoir l'adresse,
Je débarquerais chez ma femme ?

JAME.

Ma maîtresse.
Il faut parler, monsieur, suivant l'ordre des temps,

Et n'anticiper point sur le titre des gens.
D'un et d'autre côté nous convînmes ensemble ,
Qu'avantqu'à nulle femme aucun nœud vous rassemble
Je serais son amant, en tout bien tout honneur,
Pour vous débarrasser d'une cour ennuyeuse ,
Où ne saurait languir votre ame sérieuse ,
Et qu'alors que j'aurais assez sondé son cœur ,
Vous vous présenteriez pour être l'épouseur.

DUVAL.

Cela fut convenu.

JAME.

Réglez donc vos paroles
Sur les conventions de chacun de nos rôles ;
Crainte que vous n'alliez en un moment distrait ,
Quand je l'appelerai l'idole de mon ame ,
La traiter d'épouse et de femme ,
Et nous blesser tous trois par un semblable trait.

DUVAL.

Mais le temps est venu pourtant que je m'explique.

JAME.

à part.   *haut.*

Trompons-le. Non monsieur, s'il faut que je replique ;
La belle en question n'est pas fruit qui soit mûr ,
Et de vous déclarer le moment est peu sûr.
Sur son opinion je la vois mal assise ;
Sa tête tergiverse ; elle est fort indécise.
Et vous ne voulez pas une femme à tous vents ,

Faisant à tout propos la pluie et le beau-temps ;
    Une espèce de girouette ,
      Minaudière , prude et coquette.
Il faut qu'à vous céder , à vous suivre en tous cas
Yeux fermés , bouche close elle soit toujours prête.
Allez , dans peu de temps je l'aurai mise au pas.

DUVAL.

Et pourquoi donc , maraud , cette lettre empressée
Où tu la dépeignais de l'hymen si pressée ?

JAME.

Alors je vous donnais la nouvelle du jour ,
Je vous la donne encor.(à part.)Mais non pas sans détour.

(Haut.)

    La femme est une onde agitée ,
Par le flux et reflux sans cesse tourmentée ;
Elle veut un moment, un autre ne veut point ,
Et pour la décider il faut la prendre à point.
Attendez.....

DUVAL.

C'est chose impossible.

JAME.

Vous ne serez pas inflexible ?

DUVAL.

Inflexible ! je pars.

JAME.

Et la future....?

DUVAL.

          Eh bien !
Tu l'épouseras toi.

JAME.

Pour cela , quel moyen ?
A moins que le contrat ne soit à votre charge ,
Et que vous ne donniez votre permission
D'être époux , comme amant par procuration.
On pourrait écrire à la marge.....

DUVAL.

Que Jame n'est qu'un fou , dont un ample souflet
Va me faire raison. .

JAME.

Doucement , s'il vous plaît !
Je donnais mon avis ; mais nous suivrons le vôtre.

DUVAL, *faisant mine de sortir.*

Le mien est de partir. Je n'en trouve point d'autre ,
Puisqu'il faut en affaire aller si longuement.

JAME.

Attendez , on pourra prendre un arrangement.
Je vous promets , monsieur.....

DUVAL.

Quoi ?

JAME.

Dans peu , votre femme.

DUVAL.

Combien veux-tu de temps ?

JAME.

Au moins trois jours.

DUVAL.

Infâme !
Que ne demandes-tu tout un siécle aussi bien ?

JAME.

N'en donnez donc que deux ?

DUVAL.

C'est trop, tu n'auras rien.

JAME.

Un seul ?

DUVAL.

Eh ! ce serait le premier de ma vie,
Dont la perte pourrait exciter mon envie !
Je pars.

JAME.

Ah Dieux ! quel embarras !
Si cette femme allait me rester sur les bras !
Monsieur, monsieur, revenez vîte.
Il n'est point de délais. La voici tout de suite.
Eh ! moi, je ne voulais par ces retardemens
Qu'éprouver tous vos sentimens.
C'est pure invention dont elle est innocente,
Que cette incertitude où j'ai peint votre amante :
Loin qu'elle refuse un époux,
Elle est, monsieur, folle de vous.

DUVAL.

Et nous sommes encor, menteur, à nous connaître ?

JAME ,

(à part.)   *(haut.)*

Quel contre-sens !... Mais folle, ou sur le point de l'être,
    Paraît même chose à mes yeux.
Si j'eusse dit plus vrai, je n'aurais pas dit mieux.

DUVAL.

Oui, tranchons.... Mais qu'avant la fin de la journée
    Tu finisses notre hymenée.

JAME.

Comptez-y. Cependant si l'on était jaloux
Des heureux que l'on fait, je le serais de vous.
Je vous mets à la main, sans compter la fortune,
Une femme ! .... C'est bien la plus aimable brune,
Dont jamais on ait vu les traits vifs et piquans !
Qui semble s'animer au souffle des passans !
On dirait, à la voir, un instrument docile,
Qui pour jouer d'amour n'attendrait qu'un mobile ;
Et l'instrument, monsieur, n'a pas ses vingt-cinq ans !

DUVAL.

Si jeune !

JAME.

    Eh, quoi ! cela vous arrache un murmure ?
Loin de vous applaudir de l'heureuse aventure,
Qui vous fait dans l'hymen rencontrer la beauté,
Vous semblez insensible à cette qualité.

DUVAL.

Ne te presse point tant d'être mon interprète :

On traduit toujours mal une plainte muette.
J'estimai, comme un autre, et chéris dans mon temps
La beauté, la jeunesse et leurs dons éclatans.

Toutes deux même ont mon suffrage,
Encor, malgré l'assaut et les dégoûts de l'âge.
Heureux, cent fois heureux l'homme sûr du succès,
De cacher sous son toit clos à tout autre accès,
Une compagne aimable et dont la soif unique,
A pour objet la paix du bonheur domestique,
S'il peut la dérober au scandale des mœurs !
Mais combien m'apparait sous des traits moins flateurs
Celui qui sans retraite où son repos se fonde
Avec un tel trésor reste en spectacle au monde !
Des essaims dissolus de jeunes éventés,
Soulèvent contre lui leurs désirs effrontés.
O quels tourmens d'enfer égalent son supplice !
Avec des séducteurs il entre dans la lice ;
Vaincu, son nom, suivi d'obscènes sobriquets,
Vole de bouche en bouche excitant les caquets ;
Vainqueur, il est encore en butte à la censure,
Pour avoir seulement prévu sa flétrissure.

Ainsi dans la société
Par un destin inévitable,
On nous rend toujours déplorable
L'union avec la beauté.

JAME.

Vous êtes possedé des vapeurs maritales.
Eh morbleu ! chassez-moi ces humeurs conjugales !

Est-il si malheureux, après tout, d'être fait....
Ce que sans vous nommer vous comprenez très-net.
Un tel sort alarma peut-être l'industrie,
Du premier dont la tête en a paru flétrie.
La nouvelle façon dont il était coiffé,
Lui donnait à coup sûr l'air fort mal atiffé.
Mais quand au genre humain il eut donné l'exemple,
La route qu'il fraya devint large et très-ample ;
Où son front s'entrouvrait des sentiers épineux,
Aujourd'hui sur ses pas on marche deux à deux.
   Suivez, suivez au loin la troupe
Des commodes maris que vous voyez en groupe,
   Se consoler de l'attentat
Qu'on fait à leur honneur.... ils n'en font nul état.
 (Duval qui pendant cette tirade s'est promené sur la
scène, sort plongé dans la rêverie.)

SCÈNE XI.

   JAME, *seul, qui voit sortir Duval.*
Mais quel rêve profond de mon maître s'empare ?
Distrait, pensif ; il sort. Ah, la crainte l'égare !
Pauvre homme ! était-il fait pour être marié ?
Non, s'il en avait cru ma sincère amitié.
Il ne pourra se faire au genre d'une femme,
Et son premier travers ira lui percer l'ame.
   (Appercevant Emma.)
  Madame Fonrose survient.
Avec elle voici mon dernier entretien.

, Faisons-lui quelque adieu bien langoureux, bien tendre,
Où mon amour se laisse entendre.

SCÈNE XII.

EMMA, JAME.

EMMA.

C'est votre dernier mot ; vous ne voulez pas voir
Nos amis.

JAME.

Non , chez moi j'en ferais mon devoir ;
Mais au logis d'autrui, qui préside reçoive !

EMMA.

Je crains qu'on ne vous aperçoive ,
Et qu'en mauvaise part notre société
Ne prenne le dessein d'en rester écarté.

JAME.

Eh morbleu ! trop heureux, quand une impolitesse
Nous défait pour jamais d'un importun qui blesse.
Et d'ailleurs pour les gens que vous avez pourtant,
Je ne vois pas raison à se trémousser tant.
Votre amie entre nous est déjà femme âgée ,
Et de la quarantaine elle est fort affligée.
Je lui serais allé présenter mon respect ,
Mais la décrépitude est un vilain aspect.

EMMA , *à part.*

Notre futur n'a pas d'engoûment.

JAME.

Encor passe ,
Pour l'étranger qu'on voit avec elle.

EMMA.

Ah , de grace ,
Ne me rapellez pas cet homme singulier !
Ses airs railleurs , rogues , maussades ,
N'annoncent qu'un objet d'outrageantes gourmades.
Tout-à-l'heure arpentant devant moi l'escalier ,
Il s'est mis à courir comme un fol à lier.

JAME , *à part.*

Elle n'incline pas à fort aimer mon maître ,
Allons , de ses couleurs il faut pourtant la mettre.
(*haut.*)
Mais cependant cet inconnu ,
Qui déjà me paraît d'un âge respectable ,
N'a rien dans ses façons qui ne soit raisonnable.
Son air....

EMMA.

Vous le vantez ! vous ne l'avez pas vu.

JAME , *à part.*

Prenons-la d'une autre manière ,
Et venons à nos fins sans lui rompre en visière.
(*haut.*)
Si du premier abord il ne vous a pas plû ,
Vous pourrez en rabattre après l'avoir connu ;

Car moi qui fais ici son éloge à merveille ,
J'ai contre lui , madame , une dent sans pareille.

EMMA.

En quoi vous aurait-il donc nui ?

JAME , *à part.*

Inventons une fable à nous faire connaître.

(*haut.*)

Ce n'est pas précisément lui ,
C'est son ombre.

EMMA.

Comment cela pourrait-il être ?

JAME.

D'une façon bien simple. ... Ecoutez seulement :
Dans un songe enchanteur je berçais votre image ;
Je vous voyais confidemment
Comme dans cet appartement ,
Sous le même costume , et le même étalage.
Le hasard qui voulait mettre un rapport frappant ,
Entre nos deux états d'alors et d'à présent ,
Nous avait mis en même place :
Moi debout commençant un discours plein de feu ;
Vous dans ce même port de noblesse et de grâce ,
Quelque fois souriant un peu.
Rempli d'une amoureuse audace ,
Excité par un tel aspect ,
Et par votre beauté dont l'empire suprême ,
Poussé même jusqu'à l'extrême ,
Faisait plutôt mourir que naître mon respect ;

J'ose de mon amour dont vous êtes instruite ,
Vous demander un prix qui l'acquitte de suite,
Par un juste retour vous me tendiez la main
   Et m'approchiez de votre sein ;
Quand, au fond du tableau dont la porte s'entr'ouvre,
   Un homme aussitôt se découvre.
Sa figure , sa voix , enfin tous ses dehors ,
Avec cet étranger avaient tant de rapports ,
Qu'aujourd'hui que tous deux je les remémorie ,
Je doute , en les voyant l'un à l'autre pareil ,
Quel est l'original ou quelle est la copie ,
De l'homme de la veille ou l'homme du sommeil.

E M M A.

Devant nous , quelle fut après sa contenance ?

J A M E.

  Ce fut celle de l'arrogance.
Il vint effrontément , sans garder nuls égards ,
Se placer entre nous et croiser nos regards ;
   Puis avec plus de violence
Il déclara bientôt vous prendre en sa puissance,
Me traita de valet , de suborneur madré ,
Dont le règne imposteur avait assez duré.
Je ne sais à ces mots quelle voix foudroyante
   Me cria qu'il avait raison ;
   Et malgré la démangeaison
Que j'eus de vous ravir à sa main triomphante ,
Je suivis de mon cœur la douce impulsion ,

Me mis à vos genoux avec soumission.

(il se met aux genoux d'Emma.)

Là comme une victime et tremblante et confuse
Aux pieds de sa divinité ,
Je fis un tendre aveu de ma témérité ,
Convenant qu'il est vrai que j'usai d'une ruse ;
Mais que l'amour fut mon excuse.

(il se relève)

EMMA, *à part.*

Pour que ce songe fût une réalité ,
Il faudrait seulement que je le débitasse.

SCÈNE XIII.

DUVAL, M.me FONROSE, EMMA, JAME.

M.me FONROSE , *dans l'enfoncement.*

Mettons enfin , monsieur , terme à nos différends.

DUVAL , *dans l'enfoncement.*

A votre volonté , madame , je me rends.

JAME , *à Emma.*

Voilà l'homme du rêve , il vient prendre sa place.

EMMA , *à part.*

Sa voisine est pour moi plus à craindre au milieu.

M.me FONROSE , *dans l'enfoncement.*

Emma , je le vois bien , plaide avec feu ma cause.

DUVAL, *à part.*

Jame est pressant auprès de madame Fonrose.

Mme FONROSE, *oubliant qu'Emma passe pour la
maîtresse de la maison.*

Ma chère approchez-nous une table de jeu.

(*à Duval.*)

Le temps paraît moins long quand on varie un peu ;
Volontiers vous ferez peut-être une partie ?

DUVAL.

De ce que l'on propose on a toujours envie,
Ainsi je ne puis refuser
Ce qui pourra vous amuser.

Mme FONROSE.

Des cartes, vîte.

DUVAL, *à Jame.*

Eh bien ! me donnes-tu ma femme ?

JAME.

En attendant, restez avec cette autre dame.

Mme FONROSE, *à Emma.*

Fais-moi bientôt connaître à ce monsieur Duval.

EMMA.

Ne vous ai-je pas dit qu'il n'était pas si mal ?

Mme FONROSE. (*On a approché une table de jeu,
madame Fonrose la prépare.*)

Tout est prêt.... De quel jeu voulez-vous faire usage ?
De l'wisk, du reversi, de l'hombre ou du piquet ?

Ils offrent à la fois un égal intérêt ,
Et c'est entr'eux qu'enfin la mode se partage.

DUVAL.

Eh ! faisons seulement un tour de mariage.
(*Ils s'asseyent et jouent.*)

Mme FONROSE.

Soit : s'il n'offre l'attrait de la difficulté ,
Il est au moins piquant par le titre qu'il porte.
          Coupez. En jouant de la sorte ,
L'esprit n'est point tenu dans la captivité ;
Il peut saisir au vol toute idée amusante,
Sans que de son absence en rien son jeu se sente.
Mariage d'atout !

DUVAL.

          Il est précipité.
(*à Jame.*)
Déclare donc aussi le mien de ton côté.

JAME , *à Emma.*

Madame....

Mme FONROSE, *à Emma.*

Presse-toi d'être mon interprète.

DUVAL.

Faudra-t-il donc , maraud , te jeter à sa tête ?

JAME , *à Emma.*

Madame , il faut qu'enfin je m'explique avec vous.

Celui dont je suivis les ordres à la lettre ,
Qui me fit demander d'être un jour votre époux ,
    L'amour , ne peut plus me permettre
    De différer un si doux nœud ;
Et cédant à celui qui me commande en maître ,
Pour la dernière fois j'exige votre aveu.

DUVAL , jouant.

Ce coup-ci s'annonce à merveille.

Mme FONROSE.

Et mon attention de plus en plus s'éveille !

EMMA , à Duval.

Vous voulez un aveu ; monsieur, j'en vais faire un ,
Non pas celui qu'ici vous attendez peut-être ;
Qui, répondant au vœu que vous venez d'émettre ,
D'une éternelle foi nous eut lié chacun ;
    Mais un aveu franc et sincère ,
Qui, s'il ne vous rend pas, par un heureux retour ,
    De mes sermens dépositaire ,
    Acquitte du moins votre amour.
Quoique vous en impose une grace apparente
    Vous ne voyez qu'une suivante.

DUVAL , jouant.

Hem ! mon jeu se dérange.

EMMA.

Oui, sous le transparent

De ces habits flatteurs qu'on n'a pas dans mon rang,
Connaissez une séductrice.,
Qui , pour vous enchaîner , emprunta l'artifice ;
Mais qui pourtant fidèle aux sentimens d'honneur ,
Quand elle ne peut plus faire votre bonheur ,
Vous cède , en la nommant , à l'unique Fonrose.

Mme FONROSE, *se levant.*

Monsieur , ma gouvernante agissait en mon nom ,
Et vous en saurez la raison ,
Si pourtant vous pouvez pardonner la méprise....

JAME , *à part.*

Faisons-la sur le champ expirer de surprise !
(*Avec l'air de l'indifférence.*)
Madame , je renonce au lien conjugal ,
Et je n'épouse pas sans connaître mon monde.
Si pourtant à l'adresse il faut que je réponde :
Voici le vrai monsieur Duval
Qui vous épousera. C'est son tour. A la ronde.

Mme FONROSE , *à Duval.*

Quoi ! C'est chez moi , monsieur ?....

DUVAL.

Qu'un hasard fortuné ,
Comme vous avez vu , m'a d'abord amené ;
Qu'ensuite j'ai trouvé mon domestique Jame
Ayant de notre hymen fort bien conduit la trame.

Mme FONROSE,

Et vous ne trouvez pas, que je gage, à propos
De là recommencer sur des frais tout nouveaux?

DUVAL.

Non, vous connaissez mon systême.
Les femmes sont, d'après moi-même,
De forts jolis hochets marqués aux mêmes coins,
Qui valent toujours plus quand ils nous coûtent moins.
La première venue est la meilleure à prendre.

Mme FONROSE.

Chez le notaire ainsi nous allons donc nous rendre,
Quand nous aurons ici mis la dernière main.

JAME.

Madame, il faut souffrir que je vous accompagne
Avec ma prétendue et ci-devant compagne.

Mme FONROSE.

Le masque de l'amour ne se prend point en vain;
Si monsieur y consent, Emma vous est unie;
Pour ne vous point aimer, elle l'a trop bien feint.

DUVAL, *mettant la main d'Emma dans celle de Jame.*

Parbleu n'est-ce pas lui qui guida la partie,
Et ne devons-nous pas gagner de compagnie?

JAME.

Allons, avant la noce, écoutez mon sermon.

Il n'aura que trois points ; ce ne sera pas long.
J'unis mon maître avec madame ;
Pour prix de l'obligation ,
Par-dessus le marché je trouve encor ma femme :
Je tire pour conclusion
Qu'on est toujours payé d'une bonne action.

FIN.